鞭痕集

徐訏文集

新詩卷

導言　徬徨覺醒：徐訏的文學道路

陳智德

「個人的苦悶不安，徬徨無依之感，正如在大海狂濤中的小舟。」[1]

——徐訏〈新個性主義文藝與大眾文藝〉

在二十世紀四、五十年代之交，度過戰亂，再處身國共內戰意識形態對立夾縫之間的作家，應自覺到一個時代的轉折在等候著，尤其在當時主流的左翼文壇以外，被視為「自由主義作家」或「小資產階級作家」的一群，包括沈從文、蕭乾、梁實秋、張愛玲、徐訏等等，一整代人在政治旋渦以至個人處境的去與留之間徘徊，最終作出各種自願或不由自主的抉擇。

1 徐訏〈新個性主義文藝與大眾文藝〉，收錄於《現代中國文學過眼錄》，台北：時報文化，一九九一。

一

一九四六年八月，徐訏結束接近兩年間《掃蕩報》駐美特派員的工作，從美國返回中國，直至一九五〇年中離開上海奔赴香港，在這接近四年的歲月中，他雖然沒有寫出像《鬼戀》和《風蕭蕭》這樣轟動一時的作品，卻是他整理和再版個人著作的豐收期，他首先把《風蕭蕭》交給由劉以鬯及其兄長新近創辦起來的懷正文化社出版，據劉以鬯回憶，該書出版後，「相當暢銷，不足一年，（從一九四六年十月一日到一九四七年九月一日），印了三版」[2]，其後再由懷正文化社或夜窗書屋初版或再版了《阿剌伯海的女神》（一九四六年初版）、《烟圈》（一九四六年初版）、《蛇衣集》（一九四八年初版）、《幻覺》（一九四八年初版）、《四十詩綜》（一九四八年初版）、《兄弟》（一九四七年再版）、《母親的肖像》（一九四七年再版）、《生與死》（一九四七年再版）、《春韮集》（一九四七年再版）、《一家》（一九四七年再版）、《海外的鱗爪》（一九四七年再版）、《舊神》（一九四七年再版）、《成人的童話》（一九四七年再版）、《西流集》（一九四七年再版）、潮來的時候（一九四八年再版）、《黃浦江頭的夜月》（一九四八年再版）、《吉布賽的誘惑》（一九四九再版）、《婚事》（一九四九年再版）[3]，粗略統計從一九四六年至一九四九年這三年間，徐訏在上海出版和再版的著作達三十多種，成果

2 劉以鬯〈憶徐訏〉，收錄於《徐訏紀念文集》，香港：香港浸會學院中國語文學會，一九八一。

3 以上各書之初版及再版年份資料是據賈植芳、俞元桂主編《中國現代文學總書目》、北京圖書館編《民國時期總書目，一九一一—一九四九》。

可算豐盛。

《風蕭蕭》早於一九四三年在重慶《掃蕩報》連載時已深受讀者歡迎，一九四六年首次結集成單行本出版，沈寂的回憶提及當時讀者對這書的期待：「這部長篇在內地早已是暢銷一時的名著，可是淪陷區的讀者還是難得一見，也是早已企盼的文學作品」[4]，當劉以鬯及其兄長創辦懷正文化社，就以《風蕭蕭》為首部出版物，十分重視這書，該社創辦時發給同業的信上，即頗為詳細地介紹《風蕭蕭》，作為重點出版物。徐訏有一段時期寄住在懷正文化社的宿舍，與社內職員及其他作家過從甚密，直至一九四八年間，國共內戰愈轉劇烈，幣值急跌，金融陷於崩潰，不單懷正文化社結束業務，其他出版社也無法生存，徐訏這階段整理和再版個人著作的工作，無法避免遭遇現實上的挫折。

然而更內在的打擊是一九四八至四九年間，主流左翼文論對被視為「自由主義作家」或「小資產階級作家」的批判，一九四八年三月，郭沫若在香港出版的《大眾文藝叢刊》第一輯發表〈斥反動文藝〉，把他心目中的「反動作家」分為「紅黃藍白黑」五種逐一批判，點名批評了沈從文、蕭乾和朱光潛。該刊同期另有邵荃麟〈對於當前文藝運動的意見——檢討・批判・和今後的方向〉一文重申對知識份子更嚴厲的要求，包括「思想改造」。雖然徐訏不像沈從文般受到即時的打擊，但也逐漸意識到主流文壇已難以容納他，如沈寂所言：「自後，上海一些左傾的報紙開始對他批評。他無動於衷，直至解放，輿論對他公開指責。稱《風蕭蕭》歌頌特務。他也不辯論，知道自己不可能再在上海逗留，上海也不會再允許他曾從事一輩子的寫作，就捨別妻女，

[4] 沈寂〈百年人生風雨路——記徐訏〉，收錄於《徐訏先生誕辰100週年紀念文選》，上海：上海社會科學院出版社，二〇〇八。

離開上海到香港。」[5]一九四九年五月二十七日，解放軍攻克上海，中共成立新的上海市人民政府，徐訏仍留在上海，差不多一年後，終於不得不結束這階段的工作，在不自願的情況下離開，從此一去不返。

二

一九五〇年的五、六月間，徐訏離開上海來到香港。由於內地政局的變化，其時香港聚集了大批從內地到港的作家，他們最初都以香港為暫居地，但隨著兩岸局勢進一步變化，他們大部份最終定居香港。另一方面，美蘇兩大陣營冷戰局勢下的意識形態對壘，造就五十年代香港文化刊物興盛的局面，內地作家亦得以繼續在香港發表作品。徐訏的寫作以小說和新詩為主，來港後亦寫作了大量雜文和文藝評論，五十年代中期，他以「東方既白」為筆名，在香港《祖國月刊》及台灣《自由中國》等雜誌發表〈從毛澤東的沁園春說起〉、〈新個性主義文藝與大眾文藝〉、〈在陰黯矛盾中演變的大陸文藝〉等評論文章，部份收錄於《在文藝思想與文化政策中》、《回到個人主義與自由主義》及《現代中國文學過眼錄》等書中。

徐訏在這系列文章中，回顧也提出左翼文論的不足，特別對左翼文論的「黨性」提出質疑，也不同意左翼文論要求知識份子作思想改造。這系列文章在某程度上，可說回應了一九四八、四九年間中國大陸左翼文論的泛政治化觀點，更重要的，是徐訏在多篇文章中，以自由主義文藝的

5 沈寂〈百年人生風雨路——記徐訏〉，收錄於《徐訏先生誕辰100週年紀念文選》，上海：上海社會科學院出版社，二〇〇八。

觀念為基礎，提出「新個性主義文藝」作為他所期許的文學理念，他說：「新個性主義文藝必須在文藝絕對自由中提倡，要作家看重自己的工作，對自己的人格尊嚴有覺醒而不願為任何力量做奴隸的意識中生長。」[6]徐訏文藝生命的本質是小說家、詩人，理論鋪陳本不是他強項，然而經歷時代的洗禮，他也竭力整理各種思想，最終仍見頗為完整而具體地，提出獨立的文學理念，尤其把這系列文章放諸冷戰時期左右翼意識形態對立、作家的獨立尊嚴飽受侵蝕的時代，更見徐訏提出的「新個性主義文藝」所倡導的獨立、自主和覺醒的可貴，以及其得來不易。

《現代中國文學過眼錄》一書除了選錄五十年代中期發表的文藝評論，包括《在文藝思想與文化政策中》和《回到個人主義與自由主義》二書中的文章，也收錄一輯相信是他七十年代寫成的回顧五四運動以來新文學發展的文章，集中在思想方面提出討論，題為「現代中國文學的課題」，多篇文章的論述重心，正如王宏志所論，是「否定政治對文學的干預」[7]，而當中表面上是「非政治」的文學史論述，「實質上具備了非常重大的政治意義：它們否定了大陸的文學史論述」[8]，徐訏所針對的是五十年代至文革期間中國大陸所出版的文學史當中的泛政治論述，動輒以「反動」、「唯心」、「毒草」、「逆流」等字眼來形容不符合政治要求的作家；所以王宏志最後提出《現代中國文學過眼錄》一書的「非政治論述」，實際上「包括了多麼強烈的政治含義」。這政治含義，其實也就是徐訏對時代主潮的回應，以「新個性主義文藝」所倡導的獨立、

6 徐訏〈新個性主義文藝與大眾文藝〉，收錄於《現代中國文學過眼錄》，台北：時報文化，一九九一。

7 王宏志〈心造的幻影——談徐訏的《現代中國文學的課題》〉，收錄於《歷史的偶然：從香港看中國現代文學史》，香港：牛津大學出版社，一九九七。

8 同前註。

自主和覺醒，抗衡時代主潮對作家的矮化和宰制。

《現代中國文學過眼錄》一書顯出徐訏獨立的知識份子品格，然而正由於徐訏對政治和文藝的清醒，使他不願附和於任何潮流和風尚，難免於孤寂苦悶，亦使我們從另一角度了解徐訏文學作品中常常流露的落寞之情，並不僅是一種文人性質的愁思，而更由於他的清醒和拒絕附和。一九五七年，徐訏在香港《祖國月刊》發表〈自由主義與文藝的自由〉一文，除了文藝評論上的觀點，文中亦表達了一點個人感受：「個人的苦悶不安，徬徨無依之感，正如在大海狂濤中的小舟。」[9]放諸五十年代的文化環境而觀，這不單是一種「個人的苦悶」，更是五十年代一輩南來香港者的集體處境，一種時代的苦悶。

三

徐訏到香港後繼續創作，從五十至七十年代末，他在香港的《星島日報》、《星島週報》、《祖國月刊》、《今日世界》、《文藝新潮》、《熱風》、《筆端》、《七藝》、《新生晚報》、《明報月刊》等刊物發表大量作品，包括新詩、小說、散文隨筆和評論，並先後結集為單行本，著者如《江湖行》、《盲戀》、《時與光》、《悲慘的世紀》等。香港時期的徐訏也有多部小說改編為電影，包括《風蕭蕭》（屠光啟導演、編劇，香港：邵氏公司，一九五四）、《傳統》（唐煌導演、徐訏編劇，香港：亞洲影業有限公司，一九五五）、《痴心井》（唐煌導演、

[9] 徐訏〈自由主義與文藝的自由〉，收錄於《個人的覺醒與民主自由》，台北：傳記文學出版社，一九七九。

王植波編劇，香港：邵氏公司，一九五五）、《鬼戀》（屠光啟導演、編劇，香港：麗都影片公司，一九五六）、《盲戀》（易文導演、徐訏編劇，香港：新華影業公司，一九五六）、《後門》（李翰祥導演、王月汀編劇，香港：邵氏公司，一九六〇）、《江湖行》（張曾澤導演、倪匡編劇，香港：邵氏公司，一九七三）、《人約黃昏》（改編自《鬼戀》，陳逸飛導演、王仲儒編劇，香港：思遠影業公司，一九九六）等。

徐訏早期作品富浪漫傳奇色彩，善於刻劃人物心理，如〈鬼戀〉、〈吉布賽的誘惑〉、〈精神病患者的悲歌〉等，五十年代以後的香港時期作品，部份延續上海時期風格，如《江湖行》、《後門》、《盲戀》，貫徹他早年的風格，另一部份作品則表達歷經離散的南來者的鄉愁和文化差異，如小說《過客》、詩集《時間的去處》和《原野的呼聲》等。

從徐訏香港時期的作品不難讀出，徐訏的苦悶除了性格上的孤高，更在於內地文化特質的堅守，拒絕被「香港化」。在《鳥語》、《過客》和《癡心井》等小說的南來者角色眼中，香港不單是一塊異質的土地，也是一片理想的墓場、一切失意的觸媒。一九五〇年的《鳥語》以「失語」道出一個流落香港的上海文化人的「雙重失落」，而在《癡心井》的終末則提出香港作為上海的重像，形似卻已毫無意義。徐訏拒絕被「香港化」的心志更具體見於一九五八年的《過客》，自我關閉的王逸心以選擇性的「失語」保存他的上海性，一種不見容於當世的孤高，既使他與現實格格不入，卻是他保存自我不失的唯一途徑。[10]

徐訏寫於一九五三年的〈原野的理想〉一詩，寫青年時代對理想的追尋，以及五十年代從上

10 參陳智德《解體我城：香港文學1950-2005》，香港：花千樹出版有限公司，二〇〇九。

市上傳聞著漲落的黃金，
戲院裡都是低級的影片，
街頭擁擠著廉價的愛情。

此地已無原野的理想，
醉城裡我為何獨醒，
三更後萬家的燈火已滅，
何人在留意月兒的光明。

「原野的理想」代表過去在內地的文化價值，在作者如今流落的「污穢的鬧市」中完全落空，面對的不單是現實上的困局，更是觀念上的困局。這首詩不單純是一種個人抒情，更哀悼一代人的理想失落，筆調沉重。〈原野的理想〉一詩寫於一九五三年，其時徐訏從上海到香港三年，由於上海和香港的文化差距，使他無法適應，但正如同時代大量從內地到香港的人一樣，他從暫居而最終定居香港，終生未再踏足家鄉。

四

司馬長風在《中國新文學史》中指徐訏的詩「與新月派極為接近」，並以此而得到司馬長風的正面評價，[11] 徐訏早年的詩歌，包括結集為《四十詩綜》的五部詩集，形式大多是四句一節，隔句押韻，一九五八年出版的《時間的去處》，收錄他移居香港後的詩作，形式上變化不大，仍然大多是四句一節，隔句押韻，大概延續新月派的格律化形式，使徐訏能與消逝的歲月多一分聯繫，該形式與他所懷念的故鄉，同樣作為記憶的一部份，而不忍割捨。

在形式以外，《時間的去處》更可觀的，是詩集中〈原野的理想〉、〈記憶裡的過去〉、〈時間的去處〉等詩流露對香港的厭倦、對理想的幻滅、對時局的憤怒，很能代表五十年代一輩南來者的心境，當中的關鍵在於徐訏寫出時空錯置的矛盾。對現實疏離，形同放棄，皆因被投放於錯誤的時空，卻造就出《時間的去處》這樣近乎形而上地談論著厭倦和幻滅的詩集。

六七十年代以後，徐訏的詩歌形式部份仍舊，卻有更多轉用自由詩的形式，不再四句一節，隔句押韻，這是否表示他從懷鄉的情結走出？相比他早年作品，徐訏六七十年代以後的詩作更精細地表現哲思，如《原野的理想》中的〈久坐〉、〈等待〉和〈觀望中的迷失〉、〈變幻中的蛻變〉等詩，嘗試思考超越的課題，亦由此引向詩歌本身所造就的超越。另一種哲思，則思考社會和時局的幻變，《原野的理想》中的〈小島〉、〈擁擠著的群像〉以及一九七九年以「任子楚」

[11] 司馬長風《中國新文學史（下卷）》，香港：昭明出版社，一九七八。

為筆名發表的〈無題的問句〉，時而抽離、時而質問，以至向自我的內在挖掘，尋求回應外在世界的方向，尋求時代的真象，因清醒而絕望，卻不放棄掙扎，最終引向的也是詩歌本身所造就的超越。

最後，我想再次引用徐訏在《現代中國文學過眼錄》中的一段：「新個性主義文藝必須在文藝絕對自由中提倡，要作家看重自己的工作，對自己的人格尊嚴有覺醒而不願為任何力量做奴隸的意識中生長。」[12]時代的轉折教徐訏身不由己地流離，歷經苦思、掙扎和持續的創作，最終以倡導獨立自主和覺醒的呼聲，回應也抗衡時代主潮對作家的矮化和宰制，可說從時代的轉折中尋回自主的位置，其所達致的超越，與〈變幻中的蛻變〉、〈小島〉、〈無題的問句〉等詩歌的高度同等。

＊陳智德：筆名陳滅，一九六九年香港出生，台灣東海大學中文系畢業，香港嶺南大學哲學碩士及博士，現任香港教育學院文學及文化學系助理教授，著有《解體我城：香港文學1950-2005》、《地文誌——追憶香港地方與文學》、《抗世詩話》以及詩集《市場，去死吧》、《低保真》等。

[12] 徐訏〈新個性主義文藝與大眾文藝〉，收錄於《現代中國文學過眼錄》，台北：時報文化，一九九一。

目次

小歌

我在山腳溪頭，
拾到了一支小歌，
我不懂它唱些什麼，
只知道它提到了小河。

於是我把它帶到野渡，
想在那蘆葦邊過河，
看到底誰去過溪頭，
遺失了這支小歌。

但野渡上只有清風，
沒有人在那面過河，

唯河面上有隻天鵝，
孤獨地在岑寂中婆娑。

那麼難道是他，
曾在山腳下蹉跎，
為貪睡貪飲，
遺失了這支小歌。

於是我在那裡靜待，
看有誰來渡河，
但等星星嵌滿了天，
河面還只有這隻天鵝。

最後我開始問他，
是否懂這支小歌，
他聽了半怒半怨，
怪我把他甜夢打破。

原來在山腳溪頭，
他寄存那支小歌，
要讓他情人拾得，
約她同在這裡渡河。

一九四二，一，一〇，夜尾。上海。

夜鳥

黃昏時候，
淡月在我樓頭，
垂柳簾後，
有夜鳥對水凝眸。

她深鎖著眉頭，
把柳絲深奏，
問月夜春水，
藏過多少哀愁。

三更時分，
月兒窺透小樓，

於是簾內簾外，
點點都是春愁。

我想偷看夜鳥眉頭，
已染上多少春愁，
但她還是輕奏柳絲，
孤獨地對水凝眸。

一九四二，一，一〇，深夜改舊作。

相思鳥

今夜樹上啼著相思鳥，
血淚點點灑遍了樹梢，
他先唱相思哀曲，
再唱別離悲調。

獨不唱我們會面，
不唱我們快樂纏綿，
因此唱得鵾鴞失眠，
還唱醒岸邊孤雁。

過去我有多少情愛，
都在鬢髮邊變灰，

當此岑寂的夜裡，
何怪我聽得心碎。

想昨夜園中竹葉，
為此紛紛凋落，
那麼關山邊征人，
將更不堪再聞此曲。

所以我要驅走此鳥，
為我們留此良宵，
五更時當有黃鶯飛來，
他會殷勤地啼破春曉。

一九四二，一，一〇，夜尾。上海。

關念

他告訴我花香鳥鳴，
告訴我晚禱晨歌，
還告訴我黃昏時候，
有黃蜂在你簷前做窠。

秋天裡他告我有多少雁群，
悄悄地離開你門前岡頭，
如今他在遙遠的天邊，
告訴我牛郎星渡過了天河。

但我想知道我頭上秋雲，
有否在你鏡前駛過，

還有你去年的梁間飛燕，
帶走了你堂前春色幾何？
最關念還是你園裡春花，
秋深時變成了多少佳果？
因為我房中有你肖像，
年來似倍增了消瘦。

一九四二，一，一一，深夜。上海。

舊巢

燕子帶走了春訊，
梁間空留有舊巢，
這時我不敢探視，
因為舊巢裡都是煩惱。

所以我最怕明月，
夜夜將我窗簾窺透，
多少年空房依舊，
但房主早已遠走。

自從你駕起白雲，
帶走了我的舊夢，

它在雲霄外流落，
變成了今晚的長虹。

長虹裡多少甜歌，
當初都在這裡消磨，
如今唯驪歌半曲，
尚繞著寂寞樓頭。

所以我癡望天邊，
為遙遠的夢祈禱，
祈禱你夢裡青春，
到現在尚未衰老。

因此我關念你的記憶，
記否這裡的舊巢，
自從你帶走了春訊，
舊巢裡都是哀愁。

一九四二，一，一一，深夜。上海。

消息

過去我永遠撫摸著泥土，
埋頭在園裡種菜；
還有沙漠裡的花草，
我癡情地對它灌溉。

我聽憑秋悄悄去，
聽憑冬悄悄來，
我還聽憑木樨謝去，
臘梅冉冉地開。

自從我看見白雲升起，
晨曦帶來了光彩，

我就聽見你在簾下低語，
說春天的消息已經帶來。

於是我開始知道我生，
始知道我存在，
開始知道我三十年生命，
竟充滿了寂寞悲哀。

此後我的心就有滔天白浪，
像是不安定的大海，
夜夜要飛到天邊吻月，
在她冷酷的懷裡尋愛。

一九四二，一，七，深夜。上海。

擔憂

我擔憂子規啼血，
擔憂蟋蟀唱破了心窠，
還擔憂夜裡哀鳴的天鵝。

今晨我擔憂麻雀新歌，
它會唱岸邊有多少樹葉，
昨宵都悄悄地投河。

秋來有多少新雨，
我擔憂會敲碎殘荷，
此後游魚將在寒風裡婆娑。

但最堪憂的是秋星繁多，
還有是秋月特別明亮，
夜夜笑我疲倦的燈火。

我已經擔憂老，擔憂愁，
那麼難道還叫我擔憂：
我畫像在秋深時會消瘦？

一九四二，一，一二，深夜。上海。

時間

你叫青山枯黃，
又叫綠水淒黯，
還叫山園的花木，
前後為你枯萎。

你還叫日升月沉，
叫村落化作墳堆，
還叫多情的人們，
因你錯過了歡會。

你叫我從搖籃起來，
漂流到人群間徘徊，

於是又叫我烏黑的鬢髮，
冉冉地變成白灰。

你能叫我生，叫我死，
叫我在你的懷裡顛沛，
那麼難道我永生的塑像，
你也有權叫它衰老憔悴？

一九四二，一，一二，夜尾。上海。

夜別

前面雖有萬千的燈火，
只有你的是我光明，
那請你體驗我的哀怨，
並原諒我無比的傷心。

到底我們腦裡還有夢未清，
喉底也還有話語未盡，
此外我胸中還有無數心跳，
要讓你細細諦聽。

那麼趁今夜月明，
你千萬好好記住，

在你歸途的樹下，
你踐碎了我多少感情？

但我希望你會當心，
因為那青草叢中有古井，
過去不知有多少少女，
悔惱中都在那裡自盡。

一九四二，二，一。深夜。

殘夢

誰留下如情的細雨，
留下如酒的春風，
在靜寂的夜裡，
喚走了我的殘夢。

這使失眠的鳥兒，
一夜來啼破了喉嚨，
還叫我點點的睫毛，
在醒時浮起萬種沉重。

於是我茫然失去了知覺，
失去了年華中無數創痕，

看深夜怎麼樣在雲端消失，
五更怎麼樣爬上天空。

原來那破曉的雲霞，
都是我昨宵片片殘夢，
它在探視人類的碧血，
有否將古老的地球染紅。

一九四二，二，四，夜。上海。

殘曲

不怪我睡得太少，
不怪我走得太累，
只為留戀夢中殘曲，
所以我睫毛點點都想睡。

於是我在山頭靜躺，
黃昏時還不想歸，
但何處是夢裡風光，
可以在日光下變灰？

多少新鮮的歌兒，
讓杜鵑的心尖唱碎，

那麼我昨宵夢中殘曲，
難道會在我喉底枯萎？

一九四二，二，五，下午。上海。

感時

何來僧尼的歌聲，
無端來此讚揚？
難道殘磚破瓦中，
又有什麼神像？

莫說你手上的舊皮囊，
裡面並沒有新佳釀，
就是燦爛的葡萄架下，
我也從未嗅到過酒香。

昨夜我有多少情感，
在雨聲中飛過寒江，

但在潮溼的田野上，
也無處尚種著高粱。

在過去的虎爪下，
我未見有生還的羔羊，
所以我不信世上的耗子，
可賴狸貓的乳汁生長。

一九四二，二，九，深夜。上海。

雪夜

世間多少愛與恨，
被夜來的雪色點盡，
此地空餘我寂寞的靈魂，
在無主的太空中飄零。

過去秋雨蕭蕭，
今朝風雪淒緊，
在這悽涼的人世，
我這樣虛度著生命。

上天在我降生時，
也曾交我一顆癡心，

要我在漆黑的世間，
尋一絲天國的光明。

但在這囂囂的地面，
竟沒有三尺泥土乾淨，
連我願死的今夜，
也無處可掩埋我的聲名。

世間可憐的羔羊，
臨死時都有一聲哀鳴，
但我心底的話兒，
竟無人願意諦聽！

我聽憑我寂寞的靈魂，
在無主的太空中飄零，
願我多餘的肉體，
在雪消時同化個乾淨。

一九四二，二，一五。陰曆元旦夜。

舊夢

請你把話兒放低，
請你把步兒放輕，
還請你在我窗前
莫叫我的小名。

因為對此紛紛大雪，
我在細細諦聽。
到底過去舊夢，
有否在夜來蘇醒？

可是你就此悄悄遠去，
再不肯在我窗口留停，

讓那皚皚白雪，
把茫茫的大地掩盡。

為我舊夢在春風中流落，
到夏霞間飄零，
匆匆穿秋雲掠過，
所以我期待春訊。

誰知晨曦來時的鳥，
竟唱遍了春天花名，
那麼莫非你就是我的舊夢，
昨夜尋到我懷裡來蘇醒。

一九四二，二，一五，陰曆元旦夜。上海。

天河

我把你帳幃放下，
又把你被鋪煨過，
還把你內外燈光熄滅，
好讓你靜靜安臥。

但你只是癡望天邊，
唱著荒謬的夜歌，
問多少年仙子的淚，
積成了這悠悠天河？

年來大雨雖多，
從未瀉盡天河，

何況星斗滿天，
未見黑雲駛過。

可是你還不肯就寢，
默默地在窗下就坐，
謂只要有雲霓投去，
就會填平天河。

過去春秋佳日，
有多少雲霓駛過，
還有夜來星斗如鯽，
從未填平天河。

這樣的夜裡誰不高臥，
而你偏愛對天癡坐，
四更後良宵還有幾何？
難道你整夜是這樣蹉跎！

一九四二，二，二四，午後。上海。

鳥語

山上有的是鶌鴶，
對著城市塵煙，
千遍一律的嘰咕。

說到園裡的老樹，
衰老的啄木鳥
又整天在那面叨咕。

還有柳梢黃鸝無數，
長長的日子，
總嘀嘟春城的荒蕪。

此外梁間有燕子低訴，
始終訴說春風春雨，
花間的許多悽苦。

最熟識是簾下鸚鵡，
他整天怨狗怨貓，
還抱怨發響的茶爐。

那麼叫我飛往何處？
難道站在街頭電話線上，
整天聽人類愚蠢的嚕囌？

一九四二，二，二六，夜。

自殺的心緒

是誰警告我，
人生只能死一次，
夜鶯在林間，
已經啼得半死。

但誘人的刀子，
還在桌上發亮，
還有多情的安眠藥，
仍在枕邊發香。

在這靜寂的夜裡，
再無人管我存在，

倒是杳冥的空中，
像有故人在那裡等待。

多少園裡家禽，
從未弄清此間真偽，
難道我還管多事野鴨，
將來亂評我死後是非。

這悽涼的人世，
對我似早無留戀，
連我所愛的孩子，
也已在床上安眠。

奇怪倒是爐邊鸚鵡，
竟知道我自殺心緒，
它對著窗口狂呼，
叫人把凶器拿去。

一九四二，三，一一，夜。

焦熱的幻想

過去七色的彩霞間，
長浮著笑容，
笑我無病的呆木，
與無愁的苦痛。

如今地球已不堪再現，
多少人類的碧血將它染紅，
所以大好的天邊，
連星星都朦朧。

那麼何怪天邊的雲層，
再無七色的笑容，

他在低陰的地方流淚，
心底安排著哀愁重重。

多少人類的希望，
長寄在這一角天空，
盼陽光從山頂飛來，
推開這雲厚霧濃。

但我幻想在天空飄蕩，
熱情在浪上奔騰，
在這囂囂的世間，
我肉身已變成幽魂。

世間唯有我腳下的江水，
知道我心靈的沉重；
我唯望月落時的夜風，
把我焦熱的幻想化成了夢。

一九四二，三，二一，夜。

良宵

晨來林中有喜鵲亂叫，
今夜天河上可有人築橋？
多少次朔望哀怨，
終期待這一個良宵。

但今夜偏是風雨蕭蕭，
何處的離人睡得著覺？
楊柳岸燈火明處，
有汽笛在水上長嘯。

那麼要怪那人間多情，
還是怪那宇宙奧妙？

世上有無數長嘆短泣，
竟買不來這一夕歡笑。

為了訂約時看見一座橋，
那癡心的男子就在橋下死掉，
這樣的故事何用再說，
多少的命運總是蹊蹺。

一九四二，三，二二，夜。

份內的酒

甜也不錯，苦也不錯，
純潔也罷，污穢也罷，
總是你份內的酒，
請你不要害怕。

過去如此，現在如此，
長壽也好，短命也好，
無人有權可安排自己，
那年輕時何須安排老！

快也過了，慢也過了，
笑花謝的葉也已枯掉，

世上何處非生老病死，
留在人間的只是哀怨歡笑。

狗叫聽過聽雞啼，
獅子的吼聲也沒有什麼希奇，
多少歷史上的英雄豪傑，
在時間中竟尋不出意義。

麻醉也罷，興奮也罷，
酸也不錯，辣也不錯，
總是你份內的酒，
請你不要蹉跎。

一九四二，三，二二，夜。上海。改舊作。

悼

在我臨睡時你還來問好，
但我未醒時你已經衰老，
晚起的人們一點都不知道，
三更時你曾經無限美好。

曉來樹上春雀，
對你殘花哀悼；
唯鴟鴞通宵未眠，
咒你早結鮮桃。

雖然我也聽說，
你心底並無懊惱，

但終是春風無情，
所以我還在為你祈禱。

一九四二，三，二四，子刻。上海。
改一九三二春舊作。

自我之歌

深紫，淡藍，微紅，蒼黃，
曉來的朝雲都是我的衣裳，
黃昏時有彩虹與落霞，
到夜來鋪成了我的眠床。

春夏秋冬有鮮花鮮果，
東南西北有山風海浪，
自然為我五官生存，
萬物為我興趣繁忙。

還有破天的閃電與驚地的雷聲，
以及太陽月亮與星星的輝煌，

讚美我無限的生命
在有限的時空中來去存亡。
我思想，創造了異禽奇獸，
還創造人間世事的無常，
我還有愛——
在宇宙中化作了熱與光。

一九四二，一二，二四，晨一時。上海。
改一九三二春舊作。

送行

船已經駛到天邊，
不見船，只見煙。

今天的陽光分外清瘦，
水面點點的金波都是哀愁，
多少快樂歡笑與纏綿，
一瞬間被船尾的黑煙捲走。

多情還是舊伴海鷗，
他緊隨著你的船後，
願他把我的心事帶給你，
請你不要立在船尾船頭。

因為海風會把你打瘦，
煙霧會把你眉頭吹皺，
尤其是水面金波點點都是愁，
恐要塗苦了你眼角心頭。

我遠望天邊，願黑煙
消盡時再無哀愁，
因為我靈魂在你的身邊，
已幻作了海鷗。

天茫茫，海漣漣，
只見波，不見煙。

一九四二，三，二四，子刻。上海。
改一九三二春舊作。

倦旅

今天我又駕著破鞋，
在這雲邊流浪，
我不識東南西北，
誰知我漂泊何方？

過去有多少青春，
曾在旅途中荒唐，
如今唯有蕭蕭的倦意
填滿了行囊。

早知人生的圈套，
是毒物外面塗糖，
我何苦再割別塊肉，
來補這個瘡？

所以舊昔的曲調，
我決不再唱，
過去的衣履，
將再不是我的服裝。

去過的地方我不想再去，
已離的城鎮我不回望，
我願永遠在煙雲中跋涉，
期待一絲新奇的光芒。

但是我已經看厭月亮太陽，
還看厭了星星的輝煌，
那麼黝暗寂寞的路途中，
難道竟無人類的燈光？

一九四二，三，二四，清晨。上海。
改一九四一初夏舊作。

人生

風風，雨雨，陰陰，晴晴，
人笑，人哭，
一寸光陰一寸金。

父母，妻子，孩子，
人生，人死，
這個夢從未清醒。

名利，權力，愛情，
人來，人去，
市場上爭的都是笑柄。

搖籃，病榻，墓塋，
人存，人亡，
三尺空間度一個生命。
奶瓶，酒瓶，藥瓶，
人老，人病，
臭皮囊倒是有幾斤！

一九四二，三，二四，晨四更。上海。

尋失句

我從書籍縫裡尋起，
尋到桌上明鏡，
於是又借得月光星光，
在夏露冬霜間癡尋。

那麼它難道在風角流落，
或者在虹尾飄零，
因為我曾經癡望天邊，
等待那遲到的春訊。

記得昨宵曾在你窗前低吟，
難道它飛進了你的窗櫺，

可是你把它留在房裡，
要在悄悄的夜裡細聽？

我驟記得昨宵夢中，
聽到你夜來心驚，
那麼它是在我夢囈中流落，
闖進了你稚嫩的心靈。

一九四二，三，二四，夜。上海。
改一九三三初春舊作。

愛情

過去也曾經有人，
想貪看山上風景，
但為那滿山荊棘，
此後就無人問津。

後來有隻相思鳥，
飛到山頭亂叫，
無人知道它唱些什麼，
它啼盡血就此死掉。

但他血流處成了小溪，
溪水整天在那裡低吟，

溪邊有無數鮮花，
鮮花香遍了遠近。

因此遠近的姑娘，
都來到山上採花，
多少花兒採到家鄉，
空剩那溪邊無限荒涼。

等最後一位姑娘來時，
滿岸的鮮花都已採盡，
她看山上沒有花香，
就站在溪邊傷心。

溪流在山頭低訴，
訴它心底無限悽苦，
這使那姑娘想到山礦，
於是她開始日夜奔忙。

一年一年復一年，
如今她已掘到山心，
但是她只掘得無數詩歌，
並沒有什麼金銀。

這使她非常傷心，
想投到溪水自盡，
但是溪水還在低訴，
說那些詩歌都是愛情。

一九四二，三，二四，重寫十年前舊作。上海。

別情

自從我送你走後，
我還未離開渡頭，
我水裡的影子
竟日夜消瘦。

多少水流南歸，
裡面都有我淚，
在你手中懷裡，
辨否河水淚水？

還有天邊雲霓，
寄存我的相思，

駛到你的眼前，
變成多少雨絲？

所以你如歸來，
莫忘我仍在渡頭，
我怕你不再相識，
因為我已過分消瘦。

一九四二，三，二四。上海。改十年前舊作。

一顆心

從前這裡住著一顆心，
像一潭平靜的水，
沒有雜草蟲魚，
也沒有一絲污穢。

長年清澈如鏡，
冬天也從未結冰，
無人在那裡浣紗，
水底只有雲影。

自從某年某月，
有人來潭邊踏青，
她偶爾落了一滴淚，
又投進一個人影。

自從那時開始，
水底再無雲影，
村頭姑娘來浣紗，
樹邊黃鶯來就飲。

還有許多青年男女，
來此游泳沐髮，
多少粉汗頭油，
污穢了水中清明。

如今那顆心已老，
再不是平靜的水，
唯望有人在那裡埋葬，
把它填成墓堆。

一九四二，三，二六，夜。改一九三一年舊作。

房中

房中八尺板床，
三尺做了書櫃，
還有 Beethoven 塑像
占去了一半地位。

昨天墨盒做了燭台，
今朝硯石上都是煙灰，
還有斷頭的鉛筆，
久壓在桌腳下受罪。

上次書架上墨汁，
竟將牙刷灌醉，
讓枯槁的羊毛，
在壁角裡憔悴。

如今抽屜裡的紙，
又問我桌上墨水，
昨宵兩點如豆，
可是你在搗鬼？

晚來耗子如雲，
將我書籍咬碎，
他又打開蛛網，
吞去我唐寅山水。

倒是手巾多情，
靠在臉盆肩頭流淚，
說總怪主人糊塗，
三天兩頭不歸。

一九四二，三，二六，殘夜。上海。改舊作。

但照這樣下去，
怕要一直寫到死。

他不管天雨天晴，
不管樹綠樹枯，
也不管田中農人，
為他頻頻停鋤。

他久久不理髮，
也久久不管鬍髭，
無人知道他寫些什麼，
也不知從何時開始。

曾經有人高興，
走到林中訪他，
但他還是寫詩，
不愛多說閑話。

如有野風過來，
吹動他白髮鬍子，
於是像柳絮銀絲，
擁著他在寫詩。

也曾有女子愛他，
想占有他癡情癡心，
但到底沒有長待，
因為他心裡只有詩興。

多少狗叫雞啼，
多少斑鹿野豕，
但他終是不理，
只是低頭寫詩。

一九四二，三，二七，晨。上海。
改一九三一年舊作。

簫聲

她本是一隻籠裡家禽，
他是荒野流浪的牧童，
為她偶爾聽到他的簫聲，
她就想跟他去看天虹。

但那時天色還未破曉，
外面又有風有雨，
他不敢以一管短簫，
就此帶她遠去。

但是她終於不能忍耐，
把狼的叫嘯當作簫聲，

於是她就被狼帶走，
沒入在污黑的山村。

此後她就在山野流落，
與豺狼狐狸為伍，
整天與熊熊嬉戲，
夜夜與猩猩狎呼。

等到天色已亮，
他來尋她同遊，
但她已不知去向，
徒留他自己簫聲依舊。

如今他們偶爾會見，
她請他再吹前簫，
但因他已傷心失望，
所以簫聲裡只有悲調。

可是她偏要跟他遠行，
說同到天邊去看長虹，
於是他再吹起老調，
叫她試聽他的曲終。

然而她已不能再懂，
只問何處有熊有狼，
還有猩猩狐狸，
她要帶它們一同流浪。

於是他把簫聲抑得意外悽迷，
使她感到無邊怨苦，
這樣，他把短簫塞入袖底，
再走他自己的道路。

一九四二，三，二七，夜。上海。
改一九三三舊作。

對月吟

是因為天堂寂寞，
想到人間逍遙，
所以總是夜夜
在雲端睡不著覺？

還是因為心中的愛，
在胸中煩焦，
所以要遍灑給世間，
把黑夜化為良宵？

但囂囂的世人，
現在都已睡覺，

唯寂寞的我，
體驗這夜色悄悄。

我願我是童話裡的人物，
始終相信這月宮的玄妙，
那裡藏有長生良藥，
使嫦娥永遠愛嬌。

但，這畫幅裡的世界，
雖常常荒謬，
我總信音樂裡的生命，
會永遠在那裡歡笑。

一九四二，三，二八，夜。上海。

海灘上面

我是隻迷途的孤雁，
受傷了才墜在海灘上面，
你是帶著燈光的飛螢，
怎麼也會到這裡來飄零？

看沙灘是多麼柔軟，
你可以坐，也可以躺。
為什麼總不肯安定，
要頻頻放你尾上光芒？

你難道心痛頭暈，
要這樣來回地晃，

不能耐心地等候
天亮時的那份曙光？

遠一些，讓我們各坐各的，
靜聽海潮低唱，
五更時它總有晨禱，
會唱出天際的曙光。

多少星星都沉默，
你為何頻頻發光，
難道要在我血濺的沙上，
照出我致命的創傷？

不，請不要為我慌忙，
讓我在這裡靜躺，
聽取海潮的喪歌，
期待天際的曙光。

請暫停你尾上燈火，
因為我不想舉行火葬，
更怕見鮮血染紅沙地，
唯願伴你等天際曙光。

但，我是隻迷途的孤雁，
受傷了才墜在海灘上面，
你是帶著燈光的飛螢，
怎麼也會到這裡來飄零。

一九四二，三，二九，殘夜。上海。
改十年前舊作。

露水

是黃昏時的梅雨，
使岸邊柳絲紛紛落淚，
讓湖中的荷葉，
載滿了這份傷悲。

否則是昨宵三更月，
在雲端漏落過光輝，
留在翠綠的葉上，
凝成了點點清淚。

不，是星星的影子，
昨夜在湖面徘徊，

留戀那蓮叢的芬芳，
竟在綠葉上癡睡。

我怕有風搖動荷葉，
把葉上的星影搖碎，
那麼讓我喝乾這些淚珠，
再躺在荷葉上假睡。

這樣，我願三更時的月光，
把我點化成露水，
等到五更時分，
我會叮嚀星影早歸。

一九四二，四，四，夜。上海。

落寞

假如在層層的黑雲裡，
我會長年尋長庚星的下落；
如今在這多事的年頭
冷落的地面上我會幹什麼？

過去我在茫茫的雪上，
尋一隻紅頂的白鶴，
你就說我多餘的生命，
在無隙的地球上寥落。

如再在狂風暴雨的夜裡，
追尋那未滅的殘燭，

你當然要說我瘋說我癡，
說我靈魂在黑暗裡摸索。

那麼請莫怪我整夜冷笑，
對紛紜的人類不說什麼，
只等待天雁劃過長空，
對我大地的影子唱一聲寂寞。

一九四二，四，一一，晨。上海。

秋綠

今夜我悔未在院裡種竹，
可讓哀怨的杜鵑來投宿，
因如今已無人贈我歌贈我淚，
更無人在三更時分贈我夜曲。

前代有多少愛與恨，
在悽涼的地土裡寥落，
我悔不早死，因那時我年輕，
春來可伴它們同化作新綠。

但如今我已冉冉老去，
愛與美都在我胸中蕭索，

年來雖有志把它化作新詩，
但夢中的詩句都尚未成熟。

我懷抱著哀怨寂寞，
與有生以來的孤苦煢獨，
願晚秋時可躲在草叢裡，
繼蟋蟀吟完那份秋綠。

一九四二，四，一二，夜。上海。

舊約

我懷著多少焦慮，
躺在床上叫苦，
因為我夢中野鶴，
在渺茫的空中迷途。

它們在五更時飛去，
帶去了我的低訴，
預定在朝霞起時，
在天河東岸過渡。

因為河邊等著雲霓，
晚來要化作甘露，

怕毀我窗下舊約，
請它莫溼我窗戶。

還有請星兒暫隱，
莫使我燈火模糊，
因為我故人來時，
會認錯約中窗戶。

只因昨宵夢中野鶴，
在渺茫空中迷途，
所以我懷著無限憂慮，
整天在床上叫苦。

一九四二，四，一二，深夜。上海。

野菊

黃昏野鶩邀勤，
夜來天雁催急，
催我趕快起飛，
同到天邊看月。

昨宵夜鶯心碎，
殘更杜鵑啼血，
那是多少美意，
祈禱我身上長翼。

所以晨來麻雀，
噪得分外悽切，

驚奇我晝夜癡睡，
竟還未化作蝴蝶。

可憐昨宵夢裡，
我只是化為野菊，
吸盡夜來甘露，
吻遍少女裸體。

於是你要說我貪飲，
又要怪我好色，
其實因我心靈沉重，
所以未能化作蝴蝶。

一九四二，四，一二，晨。上海。

蝴蝶

池邊蜻蜓無數，
園裡蜜蜂如鯽，
叫我一同前去，
飛到花叢採蜜。

我說花蜜太甜，
我身上又無雙翼，
還怕黃昏時分，
那聲哀怨鶗鴂。

我知夜來詩意，
都在柳上打結，

等到三更時分，
我要吻遍柳葉。
所以我在白天癡睡，
等待夜色如漆，
因為那時我有甜夢，
會化作白翅蝴蝶。

一九四二，四，一二，晨。上海。

缸魚

是我醉後失態，
開亮桌上燈光，
你就沒入藻叢，
顯得萬分驚慌。

過去湖上陽光，
我該為你憂慮，
無怪你長在水底，
始終在泥中來去。

這時我頓覺面紅，
深責我今夜魯莽，

但我還在含羞偷看，
你可是未著衣裳？

究竟我非廚子，
請你不要憂慮，
只因我生性好色，
把你想作了裸女。

一九四二，四，一五，夜。上海。

月色

記得過去溪邊，
夜夜去看月色，
墓頭青草萋萋，
裡面也有枯骨。

怨天，怨地，怨時，
也怨過兒孫自相殘殺。
但從未整夜不安，
詫異地土變色。

而今故鄉溪邊，
無人去看月色，
因為愧對墓中祖先，

他總問：「兒孫！
何時還找清白？」

一九四二，四，一五，殘夜，
改一九三八年舊作。上海。

夜歸

我帶著疲乏回來，
本想在床上安睡，
但我竟癡坐床邊，
不願到枕畔成寐。

所以我抽煙成霧，
喝乾咖啡滿杯；
問三更夜裡，
敲我房門有誰？

過去我曾把心事遺失，
被路人踐得粉碎，

於是我多少年希望，
都化為不醒的死灰。

今夜我靈魂為路窗少女，
竟不願伴我肉體同歸，
難道在這悄悄的夜裡，
它已闖進人家房內。

最怕是月光的誘惑，
會使它禁不住犯罪，
那麼我剩餘的生命，
將永遠為此事懺悔。

一九四二，四，二一，夜。上海。

笑

多少奧妙，
有誰知曉，
藏在這無語一笑。

身高身短，
眼長眼圓，
有誰曾記算？

睫毛眉毛，
增減多少，
也無人知道。

隔多少年，
偶然會見，
唯笑容同樣纏綿。

一九四二，四，二一，深夜。上海。

記憶

形狀大小，
聲音高低，
費去了多少推敲？

意亂心跳，
耳熱面紅，
計留過幾年愛嬌？

年輕時的夢，
來靜悄悄，
去靜悄悄。

唯記憶保留了
奇奇怪怪的淚，
與花花樣樣的笑。

一九四二，四，二一，殘夜。上海。

高低

誰毀牆柳，
誰毀路草，
半生哀怨，
長年潦倒。

多少疲倦，
多少煩惱，
青春逝去，
叫我等老。

滿地枯骨，
誰壞誰好？

誰的墳墓，
最堅最牢？
服毒跳海，
用火用刀，
此中高低，
有誰知道？

一九四二，四，二五，深夜。上海。

現世的宮殿

讓白汽黑煙的火車過去，
春城裡無處還留有花架，
此地無人戀原野的碧綠，
黃花叢中也無蝶幽居。

千金未曾買得淺笑，
雲端裡何處有過香車？
莫說陽光下沒有新夢，
而今夜的星光也都化作雨！

古今有多少癡男怨女，
說盡了我應說的話語，

為怕傳說裡的園地荒蕪，
就聽憑現世的宮殿空虛。

一九四四，八，三一。紐約。

自責

你說你不愛紅，不愛黃，
不愛所有的顏色，
獨愛一種天青。

你說你不愛說，不愛笑，
不愛所有的音樂，
獨愛一份清靜。

那麼你應當
不愛花，不愛鳥，
獨愛手邊的明鏡。

但是你圖是圖真，
還計較浮世的得失，
獨不珍惜你現存的青春！

一九四四，八，三一。紐約。

憶願

山影幢幢，
月色朦朧，
悄悄江流裡，
白帆烏篷。

彩雲聚散，
夕陽映紅，
待黃昏新雨，
留天邊長虹。

念樓頭花影，
泥爐火熊，

攜手凝目處，
情意萬種。

如今山千重，
水萬重，
唯願夜月與漁火，
同守我們的夢。

一九四四，八，三一。紐約。

新塚

夕陽下山谷小道，
煙霧裡短籬花叢，
一年來夜夜對此，
今夜我驚見新塚。

陽光在此斜落，
晚鴉在此摸索，
此外無人知曉，
耕牛在此歇足。

是鄰居商婦？
是隔河老農？

是村前病孩？
還是村後牧童？
此時我一心淨寂，
靜候那斜陽西落，
看這冷月下的新鬼，
可等我為他祝福？

一九四四，八，三一。紐約。

懷鄉

我在街上到處求人，
請指我一顆熟識的星，
但此地已非我的故土，
無人知道我這份癡情。

於是夜來我在園裡流落，
想尋訪一枝熟識的花影，
異國的花色千萬種，
但我竟說不出一種花名。

無數的飛鳥晨歌，
從未帶我一聲鄉音，

唯鄰居的無線電，
夜夜把我舊夢驚醒。

難得河邊的石像，
時時等我在他身邊低吟，
他說：「我在此五十一年，
唯你來慰我這份鄉心。」

一九四四，八，三一，夜。紐約。

新歌

今晨野鴿飛來，
問我夢裡夜歌，
我說昨夜飛蛾遠行，
我已託他帶走。

於是野鴿說我荒唐，
又頻頻抱怨飛蛾，
說他將冒充夜鳥，
到處賣弄情歌。

我說只因華國舊情，
天天等我新歌，

所以我託他帶去，
不讓我愛情蹉跎。

但是她說她來自華國，
專為我的新歌，
就因那多情的姑娘，
邇來為相思消瘦。

一九四四，九，一，下午。紐約。

幻覺

我像是上升的星星，
從雲霧飛向天空，
我像是清澈的月亮，
駕馭著萬方的風。

但我又像一葉無依的浮萍，
在奔湍的洪流裡激沖，
像一滴透明的露珠，
在萬頃的林葉上滾動。

我失去意識，感覺，
也忘了過去的經驗與遙遠的夢，

像霜化成水，水化成霧，
霧融化在無限的大氣中。

這時我只有一顆透明的靈魂，
讓所有宇宙裡的光穿過，
帶我魂中存儲的愛情，
散布捨施與芸芸的眾生。

一九四四，九，一五。紐約。

良辰遙念

輕風遠送教堂的鐘聲，
聲聲都是你耳邊的叮嚀，
於是無限家國的憂痛，
一夜來都被它提醒。

眼前家家聖誕樹的燈，
夜話那金國的良辰美景，
此時唯我萬里外的相思，
知道我異地佳節的旅情。

多少的夢痕重疊，
總妒羨私語的星星，

今夜我剩破碎的情緒，
靜隨那雪花的飄零。

但諦聽良夜的輕步，
一步步走向天明，
我感到我所有的信望與愛，
已在祈禱中與你接近。

一九四四，一二，二，晨三時。紐約。

隱藏

多少年不見天日，
蚌殼內珍珠才發異光，
如許的森林變成泥土，
但埋在深山中都是煤礦。

往昔太陽在混沌中運行，
結萬年的哀怨、隱恨、悲傷，
如今他在無際的宇宙裡遨遊，
多少星球在依賴他的光芒。

那麼且忍受那疲倦飢渴，
還有那羞辱、訕笑與毀謗，

暗撫我身上的鞭痕血跡，
在浮世的笑容裡隱藏。

待黑夜從海上沉去，
天邊應有未泯的曙光，
那時我今夜的低訴，
應換取全世界的歌唱。

一九四五，一，二〇，黃昏。紐約。

天堂

我羈居在天堂裡的監獄，
放流到人間的僧房，
我應修靈魂的潔白，
重返歸燦爛的天堂。

但我看萬花開遍了紅綠，
聽百鳥在森林裡歌唱，
於是我再不能安心苦修，
把浮世的繁華當作天堂。

如今我羈居人間的地獄，
為無靈的軀骸奔忙，

始悟一切的紅綠是空幻，
萬種的歌唱是虛妄。

可是我只見賭窟與妓院，
再看不見清淨的僧房，
因此我在冷落的林下默想，
人間的僧房該是天堂。

一九四五，一，三〇，黃昏。紐約。

說盡

歷史無限的波折，
未記住人類的年齡，
萬頃大海的波浪，
竟像是一葉的飄零。

多少滄海變為桑田，
多少現實變為夢境，
還有多少的生存，
化成了假定的魂靈。

無限過去與將來，
永不在現在留停，

難道我記憶與想像，
未屬於人類的智明。

陽光下無數的面孔，
本來是我牆上的明鏡，
黑暗的夜色中，
空氣裡都是人影。

世間無數的顏色，
只寄存在黑暗與光明，
那麼我何須用一生的精力，
把千萬種的感覺說盡。

一九四五，一一，一八，晨。紐約。

自供

我把風葉、落花、流水、行雲，
一次次聽成了人語聲、歌聲、履聲；
還把畫裡各色的飛鳥，
看成了天空的野鴿、秋雁、蒼鷹與春燕，
以及我鄉下的黃鶯。
不用說，多少書中的人物，
我曾誤作了我血肉的舊識，
新友與我近戚、遠親。
於是我從地球的兩端馳騁，
從遙遠臆測的世界，
一瞬間活到現今；
從第二次世界的戰爭，

活到了人類在史前與猛獸掙扎，
肩旁的兄弟喪失了生命。

我嘆息每個時代的嘆息，
我呻吟每種人民的呻吟。
我獨占天賦的愚笨，
讚美萬種人類的聰敏；
蟄伏在漆黑的地下，
偷窺世間的光明。

我為一份愛交付了我想像，
一個約等盡我青春，
一個夢鑄成了我一生，
靜候一場病判決我生命。

一九四五，一一，一八，晨三時。紐約。

別

今天，只有今天，
我可以聽到你，
不時的洋火聲，
書頁聲，還有
你紙煙化為灰塵。

今天，只有今天，
你可以看見我，
凝望著藍雲流水，
白帆在青山邊
駛進樹林。

明日，等明日，
我只能聽到，
別人的低語歡笑，
教堂的鐘聲，
與我枕邊的錶鳴。

明日，等明日，
你只能看見，
車影，人影，
入雲的高樓，
夜來的燈火通明。

從此日子就再無名稱，
能使我記憶，想像；
唯我洋火聲，
書頁聲，與我
紙煙的藍霧，
是你的人影。

從此日子也再無名稱
能使你記憶，想像；
唯你夢裡的
藍雲流水，
白帆在青山邊，
是我的生命。

一九四五，一一，一八，晨三時。紐約。

遙寄

你是一陣風，
我是一握灰塵，
吹我到雲端，
變成了一天星。

於是我注定張眼到天明，
期待你望、你愛、你信，
期待你不斷的消息，
與美麗的叮嚀。

但如今你變成雨，
把我又點化為灰塵，

流落在地上，
夢望天邊的星星。

於是我失去了自己，
一時變癡，一時變瘋，
我的淚濺傷我眼睛，
我看不見我身邊的光明。

一九四五，一〇，一。紐約。

苦待

我隨風尾遠行，
應趕風首回去，
因我與家園的新月，
約在黃昏時相遇。

莫說金國的萬花如錦，
我無心去採，
就是雲層裡有陽光，
我也再不等待。

年來多少的舊夢，
在乾涸的心地需要甘雨，

宇宙裡何處無雲海萬頃，
我何須在人海中馳驅。

雖說征人的壯志未遂，
不應為自己的癡情顧慮，
但我不忍家園的新月苦待，
她在苦待中就會謝去。

一九四五，一二，二五，夜尾。紐約。

還未衰

你把我記憶送走，
把我想像喚來，
你還叫我違背良心，
承認渾圓的地球都是愛。

我開始把冬天作春，
在冰雪中尋花開，
還把荒誕的夜夢常作真，
信神話裡仙子的存在。

於是你鼓動俏皮的嘴唇，
說五更時良宵還未衰，

我應當把飢寒忘去，
含笑地在窗前等待。

一九四六，一，一四，晨三時。紐約。

湖山的寂寞

零落的夜聲，
在三更後，
沉浮在空中
像一闋舊曲。

整宵的旅心，
在倦睡裡，
望長夢夜渡，
怪我年來沉默。

問過去何往？
從白髮間

細味無跡的人生，
覺青春寥落。

這時，我尚剩的愛與望，
從灰色的將來，
驟看到有路的地方，
都有湖山的寂寞。

一九四六，一，一四，晨三時。紐約。

明天的天氣

淡月初登雲霄，
黃昏僅剩天際，
有萬種話兒在心頭，
但沒有話兒在舌底。

於是我們先談童年，
又說到我們舊地；
多少的新夢未訴，
未枯的舊話重提。

上面藍雲兒鋪天，
下面紫花兒鋪地，
迎春花插滿髮辮，
野玫瑰圍遍頸頤。

小橋旁落英散盡，
春村裡柳絮無幾，
葡萄藤掩去窗欞，
扁豆兒壓倒短籬。

我採菜葉兒餵兔，
你摘豆芽兒餵雞，
你洗桑葉兒餵蠶，
我拿桑椹兒餵你。

接著是稻穗漸黃，
芋葉與眉兒初齊，
田隴間採瓜歸來，
把多少螢光驚起。

秋來天空無雲，
湖水清澈見底，

風箏在天空上下，
小舟在湖裡高低。

爐火紅添笑靨，
紅絨流海新衣，
沉默中一曲村歌，
笑聲裡互猜新謎。

但殘紅在空中變霧，
落葉在路側化泥，
舊巢待燕梁側，
宿雪流冰垂簷。

風箏兒線斷天空，
釣鉤兒沉在湖底，
我們新帳兒無從清算，
舊帳兒何苦登記。

但寒暄話早已講完，
笑話兒無從說起，
我原想同你說再會，
你偏問我明天的天氣。

一九四六，一，一六。紐約。

歸來

在異地的鄉村夜裡，
有火車聲遠去近來，
告訴我世界的廣闊，
故鄉在遙遠的星下期待。

夜夜夢回舊地，
看多少種花謝花開，
幼年的已經長成，
中年的已經老衰。

才悟到鏡裡的白髮，
已不是故我的存在，

是宇宙無聲的憂戚，
點化我歡樂與悲哀。

家國有無數山峰，
峰峰都對我引頸期待。
江南的冬雪溶後，
哪一隻燕子不知道歸來？

一九四六，二，一〇。Wisconsin, Madison 鄉下。

小窗

當一顆藍色的星，
照著我水花斑斕的小窗，
在寂寞的夜裡，
我就有許多歌想唱。

我唱一瓣紅色的落英，
沉浮在碧綠的池塘。
唱一隻可憐的小鴨，
迷途在有霧的湖上。

唱一個迷茫的夢，
流落在微溫的枕旁。
一顆無依的靈魂，
怠倦地升向天堂。

這樣到三更四更，
我歌聲越來愈荒唐，
我已經看不見藍色的星，
只看見水花斑斕的小窗。

於是我唱雲朵的花樣，
世事的變幻無常，
我又唱人類的面孔，
在名利中奇形怪狀。

等窗外的陽光進來，
窗上的水花化作水汽，
我再無新歌可以低唱，
我始悟我夜來曾經瘋狂。

一九四六，二，一〇，深夜。
威斯康辛鄉下孤居。

村居

黯淡的夜色中，
渾圓的月兒
拖著寂寞的笑容，
穿過了雲層，
穿過了雲層。

老樹披著殘雪，
在衰草上，
疲倦地撫摸
斑駁的傷痕，
斑駁的傷痕。

懶惰的鐘聲，
從遠處教堂傳來。
在鄉村裡呼喚
遠逝的遊魂，
遠逝的遊魂！

那盞燈忽明，
那盞燈忽滅。
我在小樓上遠望
何處是家門，
何處是家門？

一九四六，二，一一，晨一時。威斯康辛鄉下。

贈

你來的路上，
就是你現在
想要的樹木。

身邊的野地，
也滿是你過去
想有的花束。

江尾的悲哀，
哪一種不來自
江頭的歡樂？

在市場的秤上，
高山流水都合成了
米糧的價格。

天亮了！你該回去，
莫再嘮叨
過去的嘆息。

今天才是你自己的；
市場的掛牌上早已有
你價格的漲落。

一九四六，二，一二，深夜。威斯康辛鄉居。

期約

是寒梅香後，
水仙初放了
新柳待碧。

正夜如止水，
在教堂門左
掩淚話別。

此後襟邊心上
留舊汨新淚，
至今猶溼。

兩年孤身旅居，
看月送花影，
風贈落葉。

念夢裡微笑，
化醒時相思，
在枕邊嘆息。

相約在夏初，
但冬雪溶後，
似仍有悠悠歲月。

寒林落日中，
教堂鐘聲遠，
離情如昔。

還需待草綠，
花開，梅子黃了，
才是會面時節。

一九四六，二，一七，黃昏。Madison 鄉居。

夢內夢外

為我在枕上失眠，
你先走進我夢，
於是你笑我夜讀，
還笑我鄉愁太濃。

你說我如能早睡，
你可領我回鄉，
故鄉的春色燦爛，
滿野綠遍稻秧。

但等我走進夢裡，
竟不見你的行蹤，

只聽見你在叫我，
說你已走進田隴。

待我看到家國，
田間春稻已長。
我不見你的影子，
唯聞身邊稻香。

我乃走出夢口，
問你可仍在我夢，
你說我進夢出夢，
你都在你自己夢中。

一九四六，三，一一。Madison 鄉下。

村景

荒郊，枯樹，野村，
大風，灰雲，白雪，
早晨過後的陰影，
還都是夜的氣息。

報童，郵差，驛車，
在白雪上偶留輪跡，
還有三四村童的來往，
都未填滿這時間空隙。

一聲半聲的寒鳥，
三言兩語的過客，

聲音在大氣中逝去，
仍還無垠的空間靜寂。

黃昏時晚霞偶紅，
儘報告天晴消息，
凍雲中星星欲墜，
模糊的月痕似碎似缺。

一九四六，三，一一，晨一時。Madison鄉居。

冬日村居

來犬嗅衰草，過客望枯枝，
頻詢殘葉何時可有新綠？
一陣雪，一陣雨，摸潮溼的泥土，
問春訊在地中是否成熟？

唯我心像殘根，在泥裡埋著，
多年來無人探詢、招喊、催促，
默默地等待聲，等待色，
等待偶然的春光摸索。

但灰色的天空如鉛，
沉重地壓著大地，

深鎖千年的春訊，
守宇宙萬世的寂寞。

到處是未融的雪，
密封那小橋、斷株、殘木，
悠悠夜，竟沒有一句話，
來點破這世界的沉默。

只有風，被樹枝鞭打著，
在空中咆哮、哀號、嘆息，
它訴盡悠長冬天的哀怨，
但仍未訴出我旅心的煢獨。

一九四六，三，一六，夜尾。Madison。

徘徊

西湖景色依舊好，
但天涯的遊子還不想歸來，
這因為煙柳濃處，
再無小樓閒亭的期待。

念菱花蓮花開遍後，
流水裡香溢悲哀，
唯斷牆殘垣的舊院，
仍有舊日的紅花盛開。

紅粉歌盡的舊歡，
笑容裡都是感懷，

黃鶯喚回的美夢，
惜湖面的人影已衰。
黃昏的夕陽沉沒後，
何處的天邊無雲彩？
為何我凝視著晚鴉，
靠暗淡的長虹徘徊。

一九四六，八，一五。西湖。

湖色

三十年湖色，
垂柳時疏時密；
五百丈堤岸，
燈火忽明忽滅。

千百的遊船，
人散人集；
萬代的風流，
半歌半泣。

無數的星斗，
流光古今如一，

唯皓月長空，
照我人影非昔。

念萬里風塵，
對鏡兩鬢如雪。
過去千種情愛，
空換得一心離別。

回首茫茫，
何處的雲下無我足跡？
秋來也，
風起處又是一代落葉。

一九四六，八，一六。西冷。

落日的溫存

幾番新換的枕衣，
難掩舊識的睡痕，
擁推後浪與前浪，
重塗褪色的唇痕。

多少年花謝花落，
種舊了美麗的花盆；
無數的新錶舊錶，
時間只留了額前的皺紋。

起來對鏡理妝，
難忘落髮一根兩根，

沒有個電話的鈴聲，
不是市場價格的詢問。

東西南北的去處，
難安排不安的靈魂，
偶依就近的窗檽，
暫取落日的溫存。

一九四六，八，二三。上海。

青蛙綠蛇

讓蟋蟀唱已霉的曲調，
讓老柏樹開不變的花，
還讓三更無人的深夜，
天空中星星各自回家。

讓秋雲帶雁聲遠逝，
讓蟬聲催老了新茶，
野渡的櫓聲永遠如故，
山影說破的都是老話。

任憑寂寞的溪流長碧，
莫等古昔的美女浣紗，

千遍一律的狗叫如呼，
喚來的旅人都不識舊花。

綠葉枯藤的陰晴，
掩壓著黯淡籬笆，
唯野狐烏鴉與蝙蝠，
偶知藤裡結成的是豆是瓜。

自籬中的人們逝後，
再未聞話桑話麻，
只有我還時時在籬下，
認青草中爬過青蛙綠蛇。

一九四六，九，一。上海。

秋夜的心情

秋夜的心情，
像撒散的珠絡，
奔瀉在山岩中，
再無法尋覓。

蕭蕭的雨聲裡，
點點是夢幻碎屑，
在人間流落了，
新舊先後死滅。

白髮與皺紋，
堆滿了人間的閱歷，

世故與風塵，
未埋去童年的記憶。

生命如海底沉舟，
聽憑浪沖水擊，
它已離這世界，
但還在這世界裡腐蝕。

一九四六，一〇，六。上海。

未了的心事

重陽後無秋蟲再鳴，
梧桐的殘葉還能綠幾時？
一陣風雨一陣涼，
這樣的風雨還有幾次？

枕邊的夢痕黯淡，
舊情復活後還是消逝，
無數的新呼舊喚，
回來的過去也是往事。

難算今昔濃茶淡酒，
僅記難忘的新恩舊誓。

情趣隨年齡遞減，
新話翻盡了舊辭。

且記多年悄悄的秋夜，
我抒寫過多少相同詩詞，
莫說未來的鳥鳴蟲唱，
會唱出我未了的心事。

一九四六，九，二二，晨一時。上海。

傷悲

讓該破的都破，
讓該碎的都碎，
讓我多年的憂鬱，
都化作了淚水。

過去的記憶已潰爛，
未來的夢幻已霉，
在人生路上人人論得失，
但無人在時光中記功罪。

莫說融融的火焰，
會剎那間變成死灰，

就是燦爛的日月，
也在時光中消滅光輝。

我來也恨晚，
就應當打算早歸，
何留戀於垂枯的黃葉，
在它凋零時徒興傷悲。

一九四六，一〇，一三，晨三時。上海。

晚安

當初，當那皚皚的白雪
鋪滿了大地，
我想像神話裡的仙子，
披著純白的長衣
告訴我美麗的故事。

當初，當那皚皚的白雪
彌漫在大氣裡，
我想像聖誕老人的鬍子，
他駕著花斑鹿，
贈與我美麗的聖詩。

過去，當那皚皚的白雪
靜偎著村屋，
我想像銀白的手帕，
它在母親手裡抖索，
為我遠別家園祝福。

如今，今年江南的初雪，
掩蓋了近水遠山，
我想像的是你潔白的睡衣
駛過了金黃的樓梯，
你低聲地同我道晚安。

一九四六，一一，二七。初雪。京滬道上。

舊恨新愁

舊恨破，
新愁碎，
短籬邊，
再無離人的淚。

過去漸長，
未來漸短，
紅粉間，
難有永久的美。

舊露變霜，
綠林已禿，

黃葉上，
不易再有夕暉。

殘雲化霧，
冷香成灰，
夜闌的佳人，
晨來歸不歸？

一九四六，一二，六，深夜。上海。

舊識的夕陽

過去有無數狂風，
未吹來春天花香；
如今盼燕子歸來，
我獨守著舊梁。

蕭蕭的朔風起處，
沙漠外隨處有悲涼；
獨江南的秋花落盡後，
多少的冰雪未封住寒江。

朝來青山的盡頭，
觸目的是孤帆遠揚；

等夜來萬籟俱寂，
我又怕過江的雁聲嘹亮。

莫說人人的青春去處，
都有無數堪憶的惆悵；
但留得一分黃昏在，
總能看到舊識的夕陽。

一九四六，一二，七，晨一時。上海。

悠悠的長恨

飛鳥追流雲，
枯松圍墓廊，
青山遠，黃山近，
輕舟在江頭流落。

莫問江水清，
莫問江水濁，
萬流同源，
處處有人漂泊。

景是人非，
夢邀遊子黯哭。

一次聚，一次會，
總換得一心悵觸。

天邊的孤帆，
長懸千古的寂寞，
一瞬間似有悠悠的長恨，
在我心頭摸索。

一九四六，一二，二〇。上海。

人間本無常

昨宵剛相會，
今晨又離別。
傷情在五更，
更何堪嚴寒煎逼。

舊話謊盡人事，
新誓騙乾淚滴，
天涯何人肯相信，
世間有心如鐵。

雲鬢如霧，
晚衣如雪。

回首茫茫，
抬頭又是冬至佳節。

看燈光昏黯，
看殘星冥滅，
人間本無常，
何來永生消息？

一九四六，一二，二二。上海。

春

春天的陽光，
把石壁曬成軟綿綿，
行人靠著它，
在和風中不禁醉眠了。

曬在竹欄上的紅襖，
滴下纏綿的水滴，
滴到破舊的泥花盆，
抽出了帶嬌的新綠。

黃鶯飛到紅襖上啄水，
灌溉那老樹上的新翠，

一隻貓挨著樹幹叫：
「春了，春了！」

一九四七，三，一八。上海。

幽冷的軀殼

今夜的月兒像一朵水蓮，
在萬頃的海浪中顛簸，
吐著憂鬱的光輝，
憐人間無盡的寂寞。

它癡探小樓、閒亭、柳岸，
與滔滔的長江水流，
追念已逝的人影舵跡，
恨現今與未來風雲如昔。

它俯窺我疲倦的窗櫺，
像一個熟識的臉，

在尋求過去的濃盟密誓，
感慨於今宵的煢獨。
於是它變成我寥落的心，
滿載著古舊的憂鬱，
在空漠中顛沛漂泊，
空剩了幽冷的軀殼。

一九四七，七，一二。上海。

夢裡的嗚咽

貪遊未顧飽暖，
倦病難撤濫讀，
買春夢如雲，
揮千金無惜。

群友閑辯春宵，
紅粉香墮夜色，
多少豪情盛趣，
未計生離死別。

過去我一鞭掠原野，
大地渾綠一色，

狂舞到日出，
燈光天光無別。

感舊伴如晨星，
念往事落霞千匹，
問幾陣風雨幾陣雷，
把蒼天掩成黑漆。

人知我有歌不想唱，
有話不想說，
但未計我無數的嘆息，
已化作夢裡的嗚咽。

一九四七，七，一二。上海。

悔

南國有多少佳景，
從未求燦爛的光輝，
唯任無數的紅男綠女，
將有限的青春浪費。

輕車揚起飛塵，
閑槳劃破湖水，
此地人來人去，
未變幻花開花飛。

紅杏未熟時燕來，
楓葉已紅時雁歸，

新遊來時都帶笑，
舊影離時皆有淚。

任憑有歌的人都唱，
有酒的人都醉，
大自然永含著沉默，
古往今來裡總是悔。

一九四七，四，八。上海。

春霧秋雨

沒有一滴淚的寥落，
一曲歌的迷茫，
曾經填滿我的過去。

哪裡有一翼鳥的歌唱，
一隻蟲的呻吟，
在說我想說的話語。

過去剝落的門聲，
叮噹的電話聲，
都曾經訪問我的故居。

如今唯那老了的天竺，
枯了的梧桐，
是我舊識的伴侶。

此外是蛛網流水裡，
浮沉飄揚的，
有我已逝青春的詩句。

問無數的故事何從說起，
請記取我哀愁如春霧，
清淚如秋雨。

一九四七，一一，三。上海。

秋郊遙望

淅瀝黃昏的秋雨，
晚來在枝頭點滴，
一夜來的蕭瑟，
換取了五更的沉寂。

雲層裡的陽光尚杳，
原野的露水似霜似雪，
滔滔的江水長歌古今，
遠行的遊帆忽隱忽滅。

此地多少的征人遠去，
無數的寒衾無人惋惜，

已散的家室在夢裡團聚，
團聚的人兒在埠頭離別。

悵立的山峰深鎖憂鬱，
晨醒的宿鳥似訴似泣，
兩岸的楓葉搖搖欲墜，
零落的殘星待人採摘。

一九四七，一一，三。上海。

原始的清澈

誰把我自己終生的歌唱，
關在我窗外，聽它流落，
漂泊，找不到一個地方投宿？

諦聽原野的低呼，
萬籟的狂號，多少舊識雷電，
都未破我心頭的寂寞。

誰把我熟識的臉在雲端抹去，
讓一切燦爛的記憶，
聽它在層層灰霧中消失？

悵望天空的變幻，
炫耀的日出日落，萬光馳騁，
竟無處可寄我尋覓。

但在無邊的長空裡奔騰，
雲起，霞落，
激起多少排山倒海的風暴，
仍未掩去也未捲走了星月。

那麼，在顛沛奔流的生活中，
經過高山汪洋萬里的跋涉，
我仍有我靈魂原始的清澈。

一九四七，一一，五。上海。

學飛

自從我降生以來，
我一直就想學飛，
我羡慕飛禽與昆蟲的飛翔，
感覺我自己肉體的累贅。

但是你說這因為身無翅翼，
不關我肉體累贅，
從此我再不敢夢想
我會到天空去狂飛。

如今你帶我航空，
勸我來跟你學飛，

但是現在我要的是身有翅膀，
並不想到天空狂飛。

一九三八，六，一五，清晨。甬。

自醉

我像一杯酒在杯底自醉，
像一塊冰在水面自碎，
我還像一支搖曳的殘燭，
在自己的焦熱下落淚。

風雨中我有年齡的記憶，
陽光下的過去從未復回，
在這時代裡我做過火做過光，
就在淡淡夢痕裡我漸漸變灰！

這時候，三更初過，
彎彎的月兒下有誰

在關念一個貧苦的孩子
在失眠中受罪？

計數我自己的過失，
多少幼稚的幻想該懺悔，
已逝的生命不能重過，
失去的美麗永不再美。

一九四八，六，一五，清晨。甬。

一朵花

再沒有一顆星，
在這四更時分，
還放射原來的光輝。

我知道世上，
仍有如許的人兒，
這時候還未睡。

但無人來注意，
那殘垣的角落，
有一朵花沉默地在枯萎。

它香過，紅過，
像一切偉大的生命一樣，
在這世界上留過嬌美。

也同任何生命一樣，
吸收過營養，
消耗過空氣與水。

生沒有人了解，認識，
愛憐與安慰，
死也沒有人為它低喟。

是偶然的機緣，
帶我在被忘的角落，
為它流淚。

此外是長空裡，
從遙遠遙遠的雲層中，
爬來了輕雷。

一九四八，六，一六。甬。

認識

我要先帶你到浩闊的天庭，
看輝煌的太陽，幽靜的月亮，
還有天空裡每一顆顆星星，
裡面都藏著不同的光亮。

再來請你看白雲藍霓與紅霞，
參觀飛雹的形成與虹兒的生長，
還有希奇的雪花斑斕的結晶，
與五彩的水汽，雨珠的醞釀。

於是再帶你看燦爛的原野，
青山綠水裡萬物的短長，
樹林裡如何伸展綠葉，
水田裡如何發出稻香。

此外，四季的花兒時開時落，
應節的鳥兒忽去忽來，
蟬歌蛙啼如何生滅，
大江小河的水流如何退漲。

這樣你總該知道細雨如何使花開，
蜂蝶如何吹果兒成長，
還有微風如何送蒲公英遠去，
柳絮如何滿城飛揚。

等到你已經看了這些，
再讓我帶你進神話的世界，
那裡雲有奇色風有異響，
幽幽的溪水常帶著清香。

於是你可以看到一切的生命，
都說人類的話語，讀著聖經，

具有善歌的嗓子，常笑的嘴唇，
與慈愛的面貌以及不老的青春。

還有各種不同的靈魂，
與歡舞狂歌的感情，
鑲著恨的愛，掛著苦的吻，
以及常跳躍著幻想的心。

此外黯淡的傷感，
清寂無主的愁思。
都唱著幽靜的夜曲，
安慰那寂寞無依的生命。

等你看懂了這些，
請你再認識我的靈魂，
那裡每一個跳躍是愛，
每一個顫抖是溫存。

它支持一個不安的生命，
真誠地向美，向善，向真，
向著遙遠飄渺的你，
憑想像創造點化奉獻與犧牲。

一九四八，五，一九，夜。上海。

野渡

疲倦的野風，
像一支迷途的歌
求一個知音歸宿。

山緣的太陽已憔悴，
像一盞油盡的燈火
在喘息中低落。

曾引起星星全夜不眠，
那千萬過去的笙歌鑼鼓，
竟未能破今朝寂寞。

再沒有一個生命
喚我，叫我，召我，
告訴酒熱飯熟。

唯舊識的青草，
牽我的衣履，
憐我無厭的躑躅。

一九四八，七，八。上海。

美麗的吩咐

百年來天無瑞雲彩霞，
千里中寺無晨鐘暮鼓，
萬光在人間流落，
億兆的聲音在凡塵迷途。

無數次市場的奔忙，
我還未尋得一分慰撫，
所以我無依的情緒，
始終不想對誰傾訴。

生命如行雲流水，
我從未認識前面的路途，

唯悠悠的溪水憑我諦聽，
熠熠的繁星堪我細數。

但今夜，在迷茫的天庭我竟會見到
那遙遠的星座中有我神像，
因此我在荒漠的原野中逗留，
等候她給我美麗的吩咐。

一九四八，八，一九。上海。

沒有遇見光，
只遇見了煙霧。

如今我回來，
到我生長的故土，
要尋我手植的花草，
現在長成大樹。

但野景已荒廢，
大小的植物早枯，
腐草斷株中，
風躲在裡面咽嗚。

這時我身如枯葉，
聽風聲在耳邊喚呼，
慢慢地我被點化成青煙，
裊裊地沒入了雲霧。

一九四八，八，二。上海。

《鞭痕集》後記[1]

本集為《四十詩綜》裡的《未了集》。未了這兩字是從一首「未了的心事」詩上來的，並不曾付想道什麼意義，但用了以後，倒好像正是表現了還有未了的詩情似的。

現在分集出版，把集名改為《鞭痕》。《鞭痕》兩個字雖也是從裡面的詩裡偶而翻來，可也正說明這些詩歌都是反映生活中各種鞭子所加在我肉體與精神的忠實的感覺與情感。

我的詩集並沒有找時間編排，但是如果從時日的紀錄來看，我的情熱似越來越減退，我的感覺越來越細緻，詩也許走向細膩與深刻，但也越來越隱晦。放作一起，實際上是我自己靈魂的歷史。

在《四十詩綜》的後記裡[2]，我說過：

把這些詩取集在一起，校讀一次的時候，我有無限的感懷，覺得我對這些詩篇有比對一切我其他的作品有特別的情感。它忠實地記錄我整整二十年顛簸的生命，坦白地揭露我前後二十年演變的胸懷，沒有剪斷，沒有隱藏。所有我過去無依的愛與無憑的恨，低低的夢與

1 【編按】本篇為當年作者徐訏重版時所作。
2 【編按】〈《四十詩綜》初版後記〉全文可見於P.211。

淡淡的哀怨，以及我原始的清澈的靈魂之希望與懷疑，追求與幻滅，使我像在鏡子裡看到自己的面目一樣的清楚。看到使我現在臉紅的缺點，看到使我永遠懺悔的過錯，還使我看到生命中傷痕的來源與被誤會的因素。我有帶狂的勇敢，帶羞的懦怯，不寧的自卑與永掛著寂寞的自尊。但是我有一顆忠實的心，我相信這些詩就是憑我忠實的心與我原始的清澈的靈魂寫下來的，因此它可以成為我自己的鏡子。假如這也反映了一點時代中許多人的愛與恨，夢與哀怨，希望與懷疑，追求與幻滅，那麼這些詩之出版，在我自己以外，總算也有點別的意義了。

現在我把它抄在這裡，也許仍不失為有意義的自白吧。

《四十詩綜》初版後記

把這些詩收集在一起，校讀一次的時候，我有無限的感懷，覺得我對這些詩篇有比對一切我其他的作品更特別的情感。它忠實地記錄我整整二十年顛簸的生命，坦白地揭露我前後二十年演變的胸懷，沒有剪斷，沒有隱藏。所有過去我無依的愛與無憑的恨，低低的夢與淡淡的哀怨，以及我原始的清澈的靈魂之希望與懷疑，追求與幻滅，使我像在鏡子裡看到自己的面目一樣的清楚。我看到使我現在臉紅的缺點，看到使我永遠懺悔的過錯，還使我看到我生命中傷痕的來源與被誤會的因素。我有帶狂的勇敢，帶羞的懦怯，不寧的自卑與永掛著寂寞的自尊，但是我有一顆忠實的心。我相信這些詩就是憑我忠實的心與我原始的清澈的靈魂寫下來的。因此它可以成為我自己的鏡子。假如這也反映了一點時代中許多人的愛與恨，夢與哀怨，希望與懷疑，追求與幻滅，那麼這些詩之出版，在我自己以外，總算也有點別的意義了。

這些詩篇，前後發表的很少，曾經有過幾次的整理修改與謄抄，也有許多次要出版而擱下，也有許多次編好而廢置。在珍珠港事件後，我離開上海前，曾經蒙錢蝶仙小姐謄抄一遍保存在上海。我到重慶後，為打算在內地出版，得張依雲小姐之助，她一批一批地抄了從郵局寄給我，那時郵政時通時阻，失而復補者不知有多少次。在重慶，又蒙鄭恩慈小姐為我抄訂一遍。後來我匆匆出國，以致仍未在內地出版。一擱數年，現在編校之中，集這些抄本在手裡，我感到慚愧與感

徐訏文集・新詩卷5　PG2684

鞭痕集

作　　者　徐　訏
責任編輯　陳彥儒
圖文排版　陳彥妏
封面設計　王嵩賀

出版策劃　釀出版
製作發行　秀威資訊科技股份有限公司
114 台北市內湖區瑞光路76巷65號1樓
電話：+886-2-2796-3638　傳真：+886-2-2796-1377
服務信箱：service@showwe.com.tw
http://www.showwe.com.tw
郵政劃撥　19563868　戶名：秀威資訊科技股份有限公司
展售門市　國家書店【松江門市】
104 台北市中山區松江路209號1樓
電話：+886-2-2518-0207　傳真：+886-2-2518-0778
網路訂購　秀威網路書店：https://store.showwe.tw
國家網路書店：https://www.govbooks.com.tw
法律顧問　毛國樑　律師
總 經 銷　聯合發行股份有限公司
231新北市新店區寶橋路235巷6弄6號4F
電話：+886-2-2917-8022　傳真：+886-2-2915-6275

出版日期　2021年12月　BOD一版
定　　價　300元

讀者回函卡

Printed in Taiwan

國家圖書館出版品預行編目

鞭痕集/徐訏著. -- 一版. -- 臺北市：釀出版,
2021.12
面；　公分. -- (徐訏文集. 新詩卷；5)
BOD版
ISBN 978-986-445-561-4(平裝)

851.487　　110018239